Monsieur Le Cauchois Ferraud			1198	75
Affiches et Afficheurs	21			
Moniteur des Ventes	10	20		
Declaration de Vente	2			
Timbre du procès verbal	3			
Enregistrement	29	90		
Bourse Commune	37	80		
Commissaire Priseur	37	80		
Location de la salle	36	55		
Clerc et Crieur	12			
Impression du Catalogue	97			
Honoraires de Viguier	63			
Commissionnaire et Gratification	16			
Aff. et distribution du Catalogue	21	45		
Transport a l'hotel	2	50		
déduction	390	20		
Des 5 % des acquereurs	59	95		
			330	25
			868	50

(226e) CATALOGUE

D'ESTAMPES

ANCIENNES & MODERNES

ARTISTES BORDELAIS

PORTRAITS

PAR GRATELOU ET AUTRES

DESSINS ANCIENS

dont la vente aura lieu

HOTEL DES COMMISSAIRES-PRISEURS

RUE DROUOT, N° 5

NOUVELLE SALLE N° 4, AU 1er ÉTAGE

Le Lundi 12 Novembre 1866

A UNE HEURE

Me **DELBERGUE-CORMONT**, Commissaire-Priseur,
rue de Provence, 8,
Assisté de **M. VIGNÈRES**, Marchand d'Estampes,
rue de la Monnaie, 13, à l'entresol, entrée rue Baillet, 1,
CHEZ LEQUEL SE DISTRIBUE LE CATALOGUE

PARIS
RENOU ET MAULDE
Imprimeurs de la Compagnie des Commissaires-Priseurs
RUE DE RIVOLI, 144

1866

CONDITIONS DE LA VENTE

L'ordre du Catalogue sera suivi.

Elle sera faite au comptant.

Les Acquéreurs paieront CINQ POUR CENT en plus des enchères, applicables aux frais.

M. VIGNÈRES, dirigeant la vente, se charge des Commissions.

NOTA. Toute commission sans prix fixé ou sans limite déterminée sera regardée comme nulle.

M. VIGNÈRES se charge de faire marquer les prix aux Catalogues des ventes qu'il a faites. Les personnes qui le désirent peuvent s'adresser à lui *franco*.

Plusieurs Amateurs éloignés en ont reconnu l'utilité pour les guider dans leurs achats sur les valeurs des Estampes.

Les Catalogues des Ventes à faire sont envoyés aux personnes qui en feront la demande *affranchie*.

AVIS. — Nous prions MM. les Amateurs éloignés de ne pas attendre au dernier jour, pour que les lettres arrivent le matin de la vente; ils comprendront que quelques lettres peuvent se lire, mais de 20 à 50 lettres, c'est difficile.

R, 3

Capdeville 8
tout

Jon 2

Meaume 3

Ciss. 1 25 Meaume 3

ESTAMPES ANCIENNES & MODERNES

1 **Aldegraver.** Sujets de l'histoire de Loth, de Suzanne, Danseurs de noce, Danse et combats d'enfants. 7 p.

2 **Alegre** (Manuel). Saint Pierre délivré, d'ap. Guerchin, de la galerie de Madrid. Rare.

3 **Almeloven.** Paysages. B. 27, 29, 35. 3 p. à l'eau-forte.

4 **Altdorfer** (A.). Saint Christophe, bois. B. 54. Belle ép.

5 **Artiste** (l'). Pièces choisies par les meilleurs lithographes et autres. 40 p.

6 **Aubry Lecomte.** L'Étude guide l'essor du Génie, d'ap. Prudhon, sur chine. — L'Espiéglerie. — La Réprimande. 3 p.

7 **Barincou-Monbrun,** artiste bordelais. L'Apôtre de la liberté immortalisé. C'est l'apothéose de B. Franklin, grand in-fol. Rare.

8 **Barrière** (Dom). Paysages, d'ap. Claude Lorrain. 3 p.

9 **Beham** (Sébald). Scènes de l'Enfant prodigue, saint Jérôme, Trajan, apôtres, etc. 10 p.

10 **Bellangé** (J.). Décolation de saint Jean-Baptiste. R.-D. 14. Belle ép.

11 **Bemmel.** Paysages à l'eau forte. 4 p.

11
12 **Benazech.** Vues des petits endroits et faubourgs de Paris, d'ap. Séb. Leclère. **10** p.

13 **Bergeret.** Son portrait par lui-même, André del Sarte, Mère montrant à lire à son enfant, d'ap. Raphaël, Homme et dame de condition à la promenade, Oriental, et la Mort de Raphaël, d'ap. lui. **6** p.

14 **Binck** (Jacques). Les Divinités de la fable. **20** p. dont le titre. 1550. B. 26 à 45. Suite complète.

15 **Bischop.** Assomption, figure, terme. 3 p.

16 **Bloemaert.** Sujets animaux. **10** p. belles.

17 **Bois anciens.** Marques d'imprimeurs, sujets de l'Ancien et Nouveau Testament, etc. 43 p.

18 **Boissieu** (J.-J. de). Entrée de la forêt de Fontainebleau, sur la route de Lyon, ancienne ép. Promenade du pape sur la Saône; les grands et petits Tonneliers; le Charlatan, d'ap. Karel Dujardin; le Jeu de boules, etc. **2** p. d'ap. lui, par Claussin. **11** p.

19 **Boldrinus**, 1566. Vénus et l'Amour, d'ap. Titien. Belle p. gravée sur bois.

20 **Bonasone.** Amours, emportements et jalousies de Junon. B. **113**, **115**, **118**, **119**, **123**, **125**, **129**, **130** et **133**. **9** p.

21 **Both.** Paysages à l'eau forte. **12** p.

22 **Bourdon** (Sébastien). Fuites en Egypte, Sainte Famille, etc. 7 p.

23 **Bourgeois.** Vues de Suisse et d'Italie. 23 p.

24 **Brandt** (F. et J.-C.). Paysages et animaux. **4** p.

R. 20

Var 2.

Derv 15.

Dorn. 3

Michel 11, Bonnechon 15

Var 5.

Capdevill 6 Meunier 4 Cauch. 1 50

25 **Brebiette**. Sujets mythologiques et autres, frises, bacchanales, etc. 17 p.

26 **Bretherton** (J.). Cavaliers, charges, 2 p. rares.

27 **Brosamer** (H.). Saint Mathieu écrit sous la dictée d'un ange, bois. B. 9.

28 **Brun**, 1797, artiste bordelais. Les Inconcevables Très-rare ; le chanteur Garat y est représenté.

29 **Burgdorfer**. Sujets de chevaux, d'ap. Klein. 2 p. Oursons jouant, d'ap. Mind. 3 p. Très-belles.

30 **Cabel** (V. der). Repos en Egypte, saint Bruno et autre. 3 p.

31 **Callot**. Tentation de saint Antoine, Benedicité, les Pantalons, saint Nicolas, feuilles de la Rochelle, etc., etc. 43 p. par et d'après.

32 **Camaïeux**. Clairs-obscurs de deux planches; Vierge, d'ap. Parmesan; Sibylle d'ap. le Guide, etc. 4 p.

33 **Cantarini**. Adam et Eve, la Fortune, Vierge et Jésus de l'ecole du Guide. 3 p.

34 **Caraglio**. Travaux d'Hercule. B. 45, 46. 2 p.

35 **Carey**, d'ap. Meissonier. L'Audience, jeune seigneur debout. Très-belle ép. avant la lettre, sur chine.

36 **Carrache** (les). Pan dompté par l'Amour, Mercure et les Grâces et autres, par et d'après. 7 p.

37 **Castiglione** (B). Résurrection de Lazare, Fuite en Egypte, têtes, sujets de satyres, etc. 24 p.

38 **Castiglione** (Salvator). Résurrection de Lazare. B. 21, p. 43. Seule p. du maître; 2 ép. belles.

39 **Chardin** (d'ap.). Les Amusements de la vie privée. Rare ép. d'eau-forte pure, rognée.

40 **Charlet**. L'armée, c'est le peuple; Fourberie et lâcheté, Si j'avais signé, etc., et autres sujets d'enfants, croquis, 9 p. avec un grand sujet de Bellanger. 10 p.

41 **Chenay** (Paul). Tête de jeune femme. — Etude de femme en pied. 2 très-beaux fac-simile, d'ap. Watteau, imp. en couleur.

42 — Le Larmoyeur, d'ap. Scheffer. Sup. ép. avant la lettre, avec dédicace signée.

43 **Chromolithographie**. Fleurs et armoiries en couleur. 14 p.

44 **Cort** (C.). Annonciation et autres sujets religieux, les arts, etc. 6 p.

45 **Dalen**. Négresse en buste, d'ap. Flinck. Très-belle ép.

46 **Dassonville** (J.). Le pot de bière disputé (R. D. 2). — Le jeune Homme masqué (3). — La Vieille et les deux enfants (4). — Les Musiciens champêtres (8). — La Mère nourrice à l'estaminet (26). — *Non décrites.* — Villageois assis à côté d'une femme sur une butte, un homme debout derrière eux. — Villageois donnant un verre à une femme, ils sont entourés d'enfants et autres figures; du cabinet Camberlyn. 7 p. rares.

47 **Daubigny**. Le Soleil couchant, épreuve d'artiste, sur chine.

48 **Demarne**. Sujets d'animaux. 13 p.

Teiss. 1 · 25

Canch 2 50

Canch 3. Meaume 2 . 50 Teiss. 2 . 50

Derv 3.

Meaume 6 50 Teiss. 7. 50 Capdeville 0 Astaria 7.

Canch 1 . 50 Teiss 1 · 25 Capdeville 6

Capdevill 15 Meerum 2 Cauch. 2

Capdevilla 0

Cauch. 2 50

49 **Denon.** Portraits de femmes et sujets. 19 p.

50 **Dickinson.** Samuel. — Miriam. 2 manière noire, d'ap. Dean.

51 **Bien,** d'ap. Ingres. L'Enfant au chevreau, avant la lettre.

52. **Dorigny** (Michel). Apothéose de saint Eustache. — Apollon. 2 p. d'ap. S. Vouet.

53 **Drouyn** (Léo), artiste bordelais. Monuments anciens de la Gironde. 7 p. à l'eau-forte, sur chine.

54 **Dujardin** (Karel). Paysage, B. 30, 1er état, avant la planche réduite, titre, paysages, animaux. 9 p.

55 **Dunker.** Animaux, d'ap. H. Roos, etc. 8 p.

56 **Duperac.** Vues antiques de Rome, 32 p.

57 **Durer** (Albert). Adam et Eve. Le Christ au tombeau, en bois, et autres; Mélancolie, Amymone, etc., etc. 8 p. par et d'après.

58 **Dusart** (C). Le Joueur de violon assis. B. 15.

59 **Earlom** (R.). A Flower. — A Fruit, pièces d'ap. van Huysum.
— The story tellers. 3 p. manière noire.

60 **Eaux-fortes** d'amateurs, comte de Breteuil, de la Barthe, Denon, Lempereur, vicomte de Senones. 7 p.

61 **Eaux-Fortes** modernes. Charles Jacques, Marvy et autres. 16 p.

62 — Amateur dans le goût de Saint-Aubin, lorgnant les sculptures de Jean Goujon à la fontaine, au coin de la rue aux Fers. — Jeune page debout, 1862, et une croix. 2 p. sur chine, très-belles.

63 **Ecole anglaise**. Sujets en manière noire et autres, d'après Rembrandt, par Baillie, par Reynolds, sujets gracieux historiques, etc. 25 p.

64 **Ecole de Fontainebleau**. Alexandre domptant Bucéphale, la Gloire, etc. 4 p.

65 **Ecole française**. Poussin et autres. 25 p.

66 **Ecole française**, XVIIIe siècle. Sujets divers. 32 p., par et d'ap. Boucher, Greuze, Moreau, etc.

67 **Ecoles germaniques** diverses. 70 p.

68 **Ecole italienne** ancienne. 30 p.

69 **Eynden** (R.-V.). Tête de vache, 1774. Eau-forte rare.

70 **Fac-Simile** d'ap. Rembrandt et autres. 6 p.

71 **Falck**. La Courtisanne à sa toilette.

72 **Fessard**. Fronton de la place royale de Bordeaux, et autre 2 p.

73 **Flameng** (Léopold). La Dame à l'éventail de plume. — Psyché, d'ap. Curson. 2. p., ép. d'artistes sur chine.

74 **Focus**. Paysage. R. D. 5.

75 **Fourmy**. Expérience aérostatique, 1812, par Degen de Vienne, *gravé sur verre*. Rare.

76 **Fulcarus** ou Furck. Jugement dernier, d'ap. Michel-Ange. Ch. Le Blanc (2.) Rare.

77 **Gabet** (François). Paysages à l'eau-forte. 16 p., plusieurs rares, très-belles ép.

78 **Gallimard** (A.). Vitraux exécutés pour M. Royan. 4 p., dont 2 en couleur avec dédicace signée à M. Hersent.

Var 4. Ollir. 15 a 30
sur 4. nos

Var 4. Ollir.

Var 2. Ollir.

Camh 2 80 Leiss. 3 25

Capdevill 15

Capdeville 0

Couch. 2

Couch 1 50

79 **Garnier** (A.). Adoration des Bergers, les Docteurs de l'Église, la Charité. 3 p.

80 **Gellé**, dit Claude Lorrain. La Fuite en Égypte R. D. 1. — Le Passage du gué (3). — Le naufrage (7). — Berger et Bergère conversant (21). 4 p. Pourra être divisé.

81 **Gessner** (S.). Ganimède, Léda et paysages, Idylles. 7. p. à l'eau forte.

82 **Ghisi** (les). Diane, Continence de Scipion, la barque, etc. 4 p.

83 **Girard**, d'ap. Benouville. Les deux Pigeons, jolie composition. Sup. ép. d'artiste sur chine.

84 **Goutd** (comte). Diane et Stellio, Fuite en Égypte, Paysage. 3 p.

85 **Goya**. Combat de taureaux, grande lithog. faite à Bordeaux. Ép. avant la lettre, très-rare.

86 **Guttemberg** (Ch. de Henri). Vues d'ap. Desfriches et d'ap. Weirotter. 4 p.

87 **Haid** (les). Der Wund-Artzt, et autres sujets, manière noire. 7. p.

88 **Hedouin** (Edmond). Paillasse, d'ap. Watteau. Ép. d'artiste sur chine.

89 **Heemskerke**. Sujets de la Bible. 7 p.

90 **Herzinger**. Animaux d'ap. P. Potter et autres. 4 p. en bistres, très-belles.

91 **Hoechle**. Petits sujets à l'eau-forte. 5 p., rares.

02 **Hoey** (J.-V.). Vierge et Jésus. Rare.

93 **Holl**. La Grisette. — Jeune fille portant une tasse, par Masson. 2 p.

94 **Hooch** (Carel de). Petits paysages carrés, ovales et ronds, Moncornet *excudit*. 20 p.

95 **Houbigant**, amateur. Sa première lithographie, la maison de Raphaël, un pont-levis, et une lettre autographe adressée à M. Dinaux, 3 pages pleines. 3 p.

96 **Huet**. 12 paysages lithog. sur chine. Belles ép.

97 **Hutin**. Vierge et Jèsus (P. de B. 5), 1er état. — Milon de Crotonne (15). — Fontaine (24). 3 p. belles.

98 **Impériale**. Vierge, Jésus et saint Jean. B. 1.

99 **Jordaens**. Jupiter et Io. Superbe ép., 1er état, avant Blooteling.

100 **Klass** (F. C.). Paysages à l'eau forte. 7 p.

101 **Kohl** (Cl.). Delaunay, gouverneur de la Bastille, se rend prisonnier. Jolie petite p. d'ap. Schubert, rare.

102 **Kolbe** (C.-W.). Animaux. 4 p. à l'eau-forte.

103 **Lacour** (Pierre de), graveur bordelais. Vues de Veïe ; quoique gravées à l'eau forte, elles sont lithographiées. 2 p., nos 1. et 3.

104 **Lacour** fils, artiste bordelais. Paysage avec chariot traîné par un âne, 1er état, 1803. — Vierge, Jésus et saint Jean, d'après son père. Très-rare. 2 p.

105 **Lafond** (D.). Paysages à l'eau-forte, 3, par Le Gros. En tout 4 p.

106 **La Hyre**. Sainte Famille, Jugement de Paris et autres, par et d'après.

107 **Lairesse**. Sacre de Salomon, saint Thomas, le Silence, allégories, etc. 6 p., très-belles ép.

108 **Lamartine** (Madame de). Vue de Saint-Point, lithographie rare.

Ceiss. 4. 50

Gustave Rub. 2.50

Jourdain

Miltzen 5

1 Alag. 2.	R	2		
5.	Capdevill	2		
4 Altdorfer	Dervaux	1		
6 Aubry	Meaume	2		
10 Bellange	Meaume	2		
13 Bergeret	Lecourbon	1		
14 Binck	R	10		
20 Bonasone	Dervaux	2		
28 Brun	Bonnechose	15		
35 Carey	Capdevill	6		
38 Salv. Castigl.	Teissein	1	25	
42 Larmogeur	Lecourbe	3		
47 Daubigny	Capdevill	2		
51 Dien	Capdevill	15		
54 Dujardin		4		
61 E.f. [illegible]	Capdevill	4		
62 E.f 2p	Lecourbe	2	50	
66 E. Franc	Ollivier	9		
73 Flameng	Teisseire	2	75	
76 Fulcaram	Capdevill	2		
88 Paillard	Lecourbon	1	50	
95 Houbigant		1		
		91	00	

		91	
107 Laurent	Jourdain	3	75
108 Lamartine	Mitgeur	3	
110 Laurens	Capdevill	7	50
111 Lasne	Dervaux	2	
115 Levilly	Capdevill	3	
116 Litho	Teissein	5	
118 Loli	Teissein	1	50
120 anonyme	Capdevill	6	
128 Moulton	Teissein	2	
136 Bis 4 Photog		1	50
147 Rosalt	Capdevill	2	
148 S. Non	R.	2	
155 Subleyras	Jourdain	1	50
162 Vernet	Teisseire	2	
164 V. Hugo	Hurbey	3	
167 5p.		1	
168 Vigion	Teisseire	1	25
176 Topog.	Berard	17	
177 Paysage 50	Varlot	4	
181 72 p.	Varlot	3	
186 Chenay	[illegible]	3	
		166	00

			166 ..				356 75
189	Dyck	R	10		251 . 16 p.		5
190	Espagnols		4	50	252	4 dessins Jourdeuil	10
192	Faber	Michelot	2				371 75
194	Sterne	Lecauchois	1	50			18 60
195	Pompadour	Teissier	2	50			390 35
200	Descartes	Gautier	31				
201	Dryden	Gautier	51				
202	Cornelie 99/	Gautier					
204	J.B Rousseau	Gautier	30				
208	Mesenguy	Michelot	5	50			
211	Hollar	R	13				
225	Corporat	Michelot	7				
227	S' Non	R	1	50			
228	Schmidt		8	50			
236	Rochon	Teissier	4	50			
237	Perrault		2	25			
241	Clarendon		1				
243	30 portrait		5				
244	15 p.		3	25			
247	20 papes		3	50			
250	20 port		3	25			
			356	75			

Capdeville 15

Dow 2

Capdeville 15

Leiss. 22

Leiss. 2 50

Capdeville 15 Jourdain

109 **La Motte** (William de). Etchings, Paysages à l'eau-forte. 19 p. in-4°. 6 petit in-fol., et 4 lithog. 29 p.

110 **Lancret** (d'ap.). La belle Grecque par Schmidt. Très-belle ép.

111 **Lasne** (Michel). Vierge et Jésus, portrait, etc. 3 p.

112 **Lastman** (P.). Juda et Thamar, eau-forte dans le goût de Rembrandt.

113 **Laurent** (P.). Vie de saint Bruno, d'ap. Lesueur. 22 p. Lithog. par les meilleurs artistes, in-fol., toute marge.

114 **Leclerc** (Séb.). Petites conquestes, etc. 5 p.

115 **Levilly**. Ce qui vous plaira, Jolie dame et son chien, costume de l'époque. Très-belle ép., toute marge.

116 **Lithographies** par divers: Devéria, Fragonard, Eug. Lami, Soulange-Tessier, etc. 40 p.

117 **Loir** (N.). Vierges, Jugement de Pâris, Bacchus et Ariadne, Cléobis et Biton. 5 p.

118 **Loli** (L.). Sainte Famille. B. 6, 1er état. — La Renommée (3). 2 p., belles ép.

119 **Lucas de Leyde**. Caïn et Abel (B. 13). Saint-Marc (100). La Femme à la Biche (153). 3 p.

120 **Maîtres anonymes**, I. B. Triomphe de Bacchus, 1528. B. VIII, p. 305. 19. — V. G., 1534. Triomphe de Bacchus et d'Ariane. B. IX, p. 23. 3. 2 p. en forme de frises, rares.

121 **Mallet**, Consul à Smyrne. Temple et Palais de Salomon, et de la fille de Pharaon avec leurs dépendances. 24 p. sur 18 feuilles.

122 **Maratte** (C.). Naissance de la Vierge, Annonciation, Visitation, Adoration des Mages, Assomption, Martyre, etc. 9 p. par et d'après.

123 **Martinet**. Vignettes pour les Contes de Lafontaine. 34 p. in-8°.

124 **Maurin**. La mort de Géricault, d'après Scheffer Sur chine, in-fol.

125 **Mellan**. Loth et ses filles, Madelaine, saint François, Titre de la Bible, saint Jérôme, tête du Christ, etc. 10 p., belles ép.

126 **Merian**. Vues et sujets de chasse. 14 p.

127 **Molitor** (M.). Paysages et animaux, à l'eau-forte. 13 p., très-belles et 2 p. d'ap. lui. 17 p.

128 **Mouilleron**. L'Avare, la Bouquetière, etc 4 p.

129 **Negges**. L'Arracheur des dents burlesque des hommes et des femmes; l'Automne. 3 p., manière noire.

130 **Norblin** de la Gourdaine. Ecce homo, Alexandre et Diogène, Têtes, Mendiants, etc. 63 p., dont nombre extrêmement petites.

131 **Ornements**. Titres d'ouvrages, arabesques de Ducerceau, de Scalzi, et autres. 60 p.

132 **Palliere**, graveur bordelais. L'Ecrivain public. — Le Tonnelier. 2 belles p. d'ap. Boissieu. — Allégorie dédiée à M. le comte d'Estaing, vice-amiral, grand in-fol.

133 **Pencz** (G.). Tarquin et Lucrèce, l'Envie, Marcus Curtius, Arithmétique, Dialectique, et autres pièces, copies et contre-partie. 13 p.

134 **Perrier**. Statues et groupes antiques. 60 p.

Var 3

Céss. … 25

Jourdain

Var 3

Capdeville 20 Cauch. 1 50

R. 2

135 **Photographies.** Vues de Montauban, Vierges d'ap. Murillo, Raphael, etc. 8 p.

136 — Portraits et vues de Monuments par Baldus, Michelet et autres. 28 p. Pourra être divisé.

137 **Pillement** (J.). Vues de Fermes 4 p.

138 **Plimmer**, 1760. Paysage dans le goût de Claude Lorrain. Rare.

139 **Plonski**. Fêtes, et sujets divers. 27 p. à l'eau-forte.

140 **Prenner** (les). Paul III donnant le chapeau de cardinal, et autres. 3 p.

141 **Prestel** (J.-Th.). Têtes et Mendiants. 7 p. à l'eau forte. Très-belles ép.

142 **Raffet**. Le Réveil. Belle ép. chine : *La caisse sonne étrange.*

143 **Rahl.** La Madeleine, d'ap. Corrège.

144 **Raimondi** (Marc-Antoine) et son Ecole. Alexandre faisant serrer les livres d'Homère, et la copie; Enlèvement d'Hélène, l'Empereur rencontrant le guerrier, vases, etc. 9 p.

145 **Rembrandt**. Sujets divers à l'eau-forte, ép. modernes, et par Claussin et autres. 43 p.

146 **Reni** (Guido). Jésus et la Samaritaine, d'ap. An. Carrache. B. 52.

147 **Rosotte**, d'ap. Ingres. Jésus dans le temple au milieu des docteurs. Ép. d'artiste, sur chine.

148 **Saint-Non**. Le petit palet, Pastorale d'ap. le Prince, etc. 4 p.

149 **Schaufelein** (Hans). Couronnement d'épines, la Mort, et au revers le Jugement dernier. 2 p. en bois.

150 **Scheneau**. Achetez mes petites eaux-fortes. 10 p.

151 **Schmidt**. Tête de soldat (Cl. 54). — Hirsch Michel (36). Très-belle ép., marge. — Le Prince de Gueldre menaçant son père (15). 3 p.

152 **Schwarz**, 1788. Scènes de buveurs, d'ap. Ostade. 2 p. Très-belles, toute marge.

153 **Stephanus**. David et Goliath, Diane. Combat de sauvages. 4 p.

154 **Strange**. La Fortune, d'après le Guide.

155 **Subleyras**. La Madeleine lavant les pieds du Christ. R. D. 3. 1er état.

156 **Sujets historiques**. Mort de Flesselles, prévôt des Marchands, petite pièce in-8° très-bien gravée. Rare.

157 — Supplice de Poltrot, Massacre de Vassy, serment du jeu de paume et autres sujets de l'époque. 30 p.

158 **Swanevelt** (H.). Histoire d'Adonis, Animaux, Paysages divers à l'eau-forte. 20 p. sur 14 feuilles.

159 **Tremolière**. Le Baptême (P. de B. 1.). Belle marge.

160 **V. G.** Descente de croix. Pièce en bois attribuée à Urse Graff.

161 **Waterlo**. Mort d'Adonis, Céphale et Procris et autres paysages à l'eau-forte. 13 p.

162 **Vernet** (H.). Officier d'artillerie donnant un ordre, Manfred, Écossais combattant, 3 p., belles ép.

163 **Vignettes anglaises**. Beautés de lord Byron, 31 jolies têtes de femmes.

~~Gustav Rude 2 60~~

Derv 5

Jourdain Ceiss. 3.50
dient bolle

Gustav Bakeld 2/50

Var. 3.

Ceiss. 3 50

Ceiss. 3 50

Hurbiz 6

Tëss 2.25
Si est bele

Ber 24

Var 4.

Var 4.

Var 3.

Teiss. 3.50 Var 3.

ollivier Vat 4.

164 — Illustrations pour Victor Hugo. 13 p. d'ap. Johannot et autres.

165 — Sujets tirés de Keepsake, d'après les meilleures maîtres de l'école anglaise. 19 p. in-8°, sans titres.

166 **Vignettes** diverses, in-8°. 50 p.

167 Vignettes et sujets divers, illustrations au trait pour Shakespeare. 51 p. Pourra être divisé.

168 **Vignon**. Baptême de l'Eunuque (R. D. 22.), 1er état, avant le nom de Mariette.

169 **Wilson** et autres. Suite de 12 Marines d'ap. Van de Velde, etc.

170 **Winne**. Vues de Hollande. 4 p., belles.

171 **Visscher** (J.). Sujets d'animaux, d'ap. Berghem. 4 p., très-belles.

172 **Woollett**. The Jocund peasants, d'ap. Dusart; Arcs de triomphe en ruines. 3 p.

173 **Zuccarelli** (d'ap.). Pastorales. 10 p.

174 Pièces gravées en couleur, sanguine, etc. 21 p.

175 **Vues** et Plans de Versailles, Bercy, les Tuileries et autres. 52 p.

176 Topographie historique du vieux Paris, 24 planches ; le Louvre, les Tuileries, etc., sous la direction de M. A. Berty.

177 Paysages, diverses écoles. 50 p.

178 Sujets religieux, diverses écoles. 50 p.

179 Sujets d'animaux, d'ap. Berghem, etc. 30 p.

180 Sujets mythologiques. 35.

181 Sujets de diverses écoles. 72 p.

PORTRAITS

182 **Ardell** (M.). Rubens, sa femme et son fils; — le même contrepartie plus petit. 2 p., manière noire.

183 **Baciarelli** (Madame). Stanislas Auguste, roi de Pologne, grand in-8°. Belle ép.

184 **Bause**. Henri, prince de Prusse. — C. G. Muller. 2 port. in-4°.

185 **Berger**. Fréd. H. de Prusse. — Fréd. Guillaume, par Balzer. 2 portraits équestres in-4. — Aretin, petit in-fol. 3 p.

186 **Chenay** (Paul). Balzac. — Jules Janin. 2 portraits in-4. Superbes ép. avant la lettre, marge in-fol.

187 **Chodowiecki**. (D'ap.). Frédéric II, roi de Prusse, passant la revue. Belle ép.

188 **Daullé**. J.-B. Rousseau, grand in-fol.

189 **Dyck** (d'ap. Van). Maria Ruten, par Bolswert et Meyssens. — Taie par Galle. — Rychart par Neefs, etc. 7 p.

190 **Ecole Espagnole**. Poètes, littérateurs, Peintres, Guerriers et autres, par les meilleurs graveurs. 20 p. petit in-fol. et autres.

191 **Emmanuel**, 1785, artiste bordelais. Louis Romainville, acteur de Bordeaux, d'ap. Lacour. Très-rare.

192 **Faber**. Charles Ier d'ap. Van Dyck. — Willliam III, à cheval, avec bataille. — Master John Prideaux Basset. 3 p., manière noire.

Cauch. 3. Meonin 2 50 Chalayer 2 50

Dauv 2.
R 10

Michel. 6

Couch 1 50

Ceiss. 2 50 Couch 2

Artaria 5	Michel 45.	Capdeville 25 1 Sault Del 5		R. 40	Meaume 35	
Artaria 5	Michel. 12	Cap.				Gaut - 200 4. n° a 50 f
Artaria 5	Michel 15	..		R. 20	Meaume 16	Gaut 50
Artaria 5	Michel 30	Cap.	Ceiss. 25	R. 22		Gaut 50
Artaria 5	Michel 15	Cap. 25				Labbé 10
Artaria 5	Michel 13	Cap. .			Meaume 16	Gaut 50

Artaria 10 Michel 7

Artaria 5 Michel 3

Antaria 5 Michel 3

Artaria 5 Michel 5

Artaria 5 Michel 4

Artaria 5

193 **Ficquet**. Michel de Montagne, in-8. Belle ép. 3 25

194 **Flameng** (Léopold). Daniel Sterne. Ép. d'artiste sur chine, toute marge. 1 50 Vig

195 — Madame de Pompadour en pied, d'ap. de La Tour. Ép. d'artiste sur chine, toute marge. 2 50 Vig

196 **Gaultier** (L.). Henri IV à cheval, in-8. 2

197 **Goltzius**. Juste Lipse. B. 209, grand in-8.

198 **Grandhomme**. Théodore de Beze, in-8. } 1 50

199 **Grateloup** (Jean-Baptiste), artiste Bordelais J.-B. Bossuet à mi-corps, d'ap. Rigaud, in-8. Magnifique ép. sur chine, grande marge. 72

200 — Descartes, d'ap. Hals. Superbe ép. sur chine, in-8, toute marge. 31 Vig

201 — Dryden, d'ap. Kneller Magnifique ép. sur chine, in-8, toute marge. 51 Vig

202 — Cornélie, Adrienne le Couvreur dans ce rôle. Magnifique ép avant toute lettre, marge. 39

203 — Montesquieu, d'ap. Dassier. Superbe ép. in-8, marge. 26

204 — Jean-Baptiste Rousseau, d'ap. Aved. Superbe ép. in-8, toute marge. 30 Vig

205 **Grateloup** (Jean-Pierre-Silvestre de). Dryden, petit ovale avant toute lettre. Superbe ép. 12 50

206 — Le même avec la lettre 1810, marge in-8. 5

207 — L'Espagnolette d'ap. Grimou, petit ovale. 5

208 — Mesenguy, ovale avant toute lettre, sur chine. 5 50 Vig

209 — Napoléon Ier, d'ap. Droz, très-petit ovale. 6

210 — Exercices militaires d'ap. Callot. — Têtes orientales et Pois de senteur. 3 petites pièces. 5 50

211 **Hollar**. Marguerite Lemon. — Duchesse de Lenox. — Comtesse de Portland. — Lord Montague. 4 p.

212 **Jode** (P. de). H.-F. Laurin. — Lipse et autre. 3 p.

213 **Kold** (Cl.), 1792. Frédéric II, roi de Prusse. Beau portrait petit in-fol., marge.

214 **Leu** (T. de). Pierre de Brach, poëte bordelais, in-8. Rare.

215 **Louys**. Élisabeth femme de Philippe IV, roi d'Espagne, in-fol.

216 **Marcucci**. La Fornarina, d'ap. Raphaël, petit in-fol. Toute marge.

217 **Matham** (Th.). Gérard Vossius, petit in-fol.

218 **Morghen** (R.). Prince d'Orange, Philippe de Neri. 2 p.

219 **Morin**. Chrystin, d'ap. Champagne.

220 **Muller** (J.-G.). Ch. Th. A. M. prince de Dalberg, archevêque de Mayenne, in-fol.

221 **Noble**. Jeanne Grey, superbe ép., lettre grise. — Buckingham, 2 port., petit in-fol.

222 **Pallière** (J.), artiste bordelais. Théodore Dauberval, première danseuse de l'Acad. de Musique et du spectacle de Bordeaux, in-8. Superbe ép. Toute marge très-rare.

223 **Pass** (de). Les Princes Électeurs, 6 p. et titre in-fol.

224 **Pontius**. W. Sigismond, roi de Pologne. — Nicolas Rocox. — Thomas de Savoie. 3 p., belles ép.

225 **Porporati**. Mme Porporati, d'ap. Mme Lebrun, gracieux portrait, petit in-fol. Rare.

Dem 5 R 15 Artaria 8

Leiss. 4 . 25

Leiss. 4 . 50 Michel 10

R. 2

Derr 8

Chalayer 2.50

Chalayer 2.50

Teiss. 5 50

226 **Romier** (Balançard). Jacquard. — Affre, archevêque ; 2 portraits, tissés sur soie.

227 **Saint-Non.** Un vieil amateur (c'est, dit-on, son portrait par lui-même).

228 **Schmidt** (Georges-Frédéric), son portrait avec l'araignée à la fenêtre, très-belle ép. Avec marge.

229 **Selma** (F.). Vandyck et le Comte de Turenne, réunis dans un ovale in-fol. en travers, d'ap. Vandyck. Toute marge, rare.

230 **Sixdeniers**, d'ap. H. Vernet. Frère Philippe, supérieur général des frères des écoles chrétiennes in-fol. en pied.

231 **Smith** (J.). Th. Gill. — Georges de Walles. — Schalken. 3 p., in-fol., manière noire.

232 **Vernet** (Horace). Général Foy, lithog. Très-belle ép., toute marge.

233 **Vernet** (d'ap. Horace). Frère Philippe, en pied. Par Sixdenies, in-fol.

234 **Vertue**. Charles I, roi d'Angleterre. — Philippe II, roi d'Espagne. 2 p., grand in-4.

235 **Wierix**. J. Berchman. — J. Stradan, dans un riche entourage orné. 2 p.

236 **Vorsterman**. Nicolas Rockox, avant la lettre et avant les changements sur les bustes, et les livres in-fol., d'ap. Vandyck. Rare.

237 **Portraits**, tirés des Grands hommes de Perrault, par Edelinck, Lubin, Van Schuppen. 8 p.

238 — Des suites de Desrochers, Moncornet, Odieuvre. 33 p., in-8.

239 **Portraits** anglais. Albemarle, Arlington, Carnarvon, Cavendish, Digby, Finch, Hamilton, Howard, Knox, Monch, Russel, Sackville, Wilkes et autres. 55 portraits de divers formats. Pourra être divisé.

240 **Charles Ier**, roi d'Angleterre, manière noire et autres. 7 p.

241 **Clarendon**, chancelier d'Angleterre. 7 p.

242 **Philippe II**, roi d'Espagne, 5 portraits.

243 **Portraits** divers, Français et Étrangers. 130 p. Sera divisé.

244 **Portraits** de Poètes français, ovales in-12. Sans lettres.

245 — D'artistes, Peintres. Sculpteurs. 25 p.

246 — Femmes célèbres, anciennes et modernes. 20 p.

247 — Papes, Ecclésiastiques. 20 p.

248 — Rois de France, Napoléon et son fils, 20 portraits de divers formats.

249 — Marie Antoinette à la conciergerie et autres personnages politiques, lithog. 12 p.

250 Portraits divers lithographiés, des collections Boilly, Delpech, Peintres, etc. 45 p., 2 lots.

251 — Lithographiés de l'Assemblée législative 1848 et autres. 16 p.

252 **Dessins anciens**, etc. Breughel, Cambiaso, Carrache, Castellan. —Aquarelles : Fabre, Fontalard, Hilaire, Honthorst, L. Lesueur 1777. Gouaches : Marilhat, Pernot, Robert, L. Spada, Subleras, M. Tesi, Thelot, Vandermeulen, Vincent, Wyck, et autres. 74 pièces ; formeront plusieurs lots.

Renou et Maulde, Imprimeurs de la Compagnie des Commissaires-Priseurs, rue de Rivoli, 144. 56374

38	Étranger	3 - 18
132	France	5 - 28
4	Bordeaux	16
20	Paris 4.	80
350	Casquin	12
544		21 - 45
	transport a Ihalet	2 - 50
		23 - 95

www.ingramcontent.com/pod-product-compliance
Ingram Content Group UK Ltd.
Pitfield, Milton Keynes, MK11 3LW, UK
UKHW032010260826
14628UKWH00005B/2388

9 782329 390277